JÚLIA LOPES DE ALMEIDA

ERA UMA VEZ...

Coleção
GRANDES CLÁSSICOS DA LÍNGUA PORTUGUESA

VOLUME 65

BRASILIARIS

Editor-chefe:
Tomaz Adour

Capa:
Spirit

Revisão:
Equipe Vermelho Marinho

Diagramação:
Marcelo Amado

Texto revisado segundo o novo Acordo Ortográfico da Língua Portuguesa.

Dados Internacionais de Catalogação na Publicação (CIP)
Fabio Osmar de Oliveira Maciel – CRB-7 6284

A447e

Almeida, Júlia Lopes de, 1862-1934
Era uma vez... / Júlia Lopes de Almeida. – 1. ed. – Rio de Janeiro : Brasiliaris, 2023.
50 p. ; 21 cm. – (Grandes clássicos da língua portuguesa ; v. 65).

ISBN 978-85-8265-328-9

1. Romance brasileiro. I. Título.

689-117-23 CDD : 869.93

Índice para catálogo sistemático:
1. Romance: Literatura brasileira 869.93

EDITORA VERMELHO MARINHO USINA DE LETRAS LTDA

Rio de Janeiro — Departamento Editorial:
Avenida Gilka Machado, 315 — bloco 2 — casa 6
Recreio dos Bandeirantes — Rio de Janeiro — RJ
CEP: 22795-570

VERMELHO MARINHO
www.editoravermelhomarinho.com.br

SUMÁRIO

APRESENTAÇÃO

O selo Brasiliaris é uma iniciativa da Editora Vermelho Marinho com a Spirit, que tem como objetivo resgatar todas as obras clássicas da literatura brasileira que estejam em domínio público. Independente do autor ou da época em que escreveu, a coleção pretende publicar todas as obras de todos os autores que estejam disponíveis para publicação ou digitalização.

É um trabalho de longo prazo, pois citando apenas alguns autores muito conhecidos, como Machado de Assis, José de Alencar e Joaquim Manuel de Macedo, descobrimos que eles têm uma obra muito extensa, incluindo romances, contos, novelas, poemas e textos teatrais, fora artigos em ensaios. E muitas dessas obras não se encontravam mais no mercado. Até agora.

Tomaz Adour, o editor da coleção, já vem fazendo este trabalho de resgate há mais de 10 anos, conseguindo trazer de volta ao mercado autores do porte de uma Júlia Lopes de Almeida, A. G. Teixeira e Souza, Paulo Setúbal, Coelho Neto, Francisca Júlia, Bruno Seabra, Carmen Dolores, Martins Pena, João do Rio, Coelho Neto, Chrysanthème, entre tantos outros que lançou na Coleção Grandes Clássicos.

Com o apoio da Spirit e sua experiência em design aliada à sua paixão pelos livros, estes e outros autores irão ganhar roupagem nova, com edições especiais com orelhas, edições especiais em capa dura, além de ebooks a preços acessíveis para todos os leitores.

Este projeto ambicioso é uma forma de levar ao público tudo de bom que foi produzido em nossa literatura, permitindo que os leitores tenham acesso não apenas às obras mais famosas dos principais autores, mas também a obras que estão fora do mercado há décadas ou mesmo séculos. Com isso, um leitor que se apaixonar por um livro de um autor poderá conhecer toda a sua obra.

É um trabalho de garimpagem. Temos mais de 10.000 obras a serem publicadas e estamos atrás de obras perdidas, esquecidas ou que possuem poucas cópias em bibliotecas ou coleções particulares. Por isso, todo apoio é bem-vindo. Cada leitor ou amante de livros que deseje sugerir ou indicar uma obra receberá os créditos e será um colaborador da coleção. Acreditamos que, desta forma, obras perdidas ou com cópias desgastadas poderão ser resgatadas, desde que haja um colecionador ou uma biblioteca que a possua. Se quiser colaborar, basta nos escrever.

Que os leitores possam descobrir cada vez mais as obras de uma das literaturas mais importantes do mundo!

Ao Dr. Manoel Murtinho
Nobre

Por mim e pelos meus.

Gratidão

Nem só os olhos da cara
Veem o que vai pelo mundo:
Há outra vista mais clara,
Há outro olhar mais profundo.

Com esse olhar, menos lento.
De olhos de mais atenção,
Vê mais longe o Pensamento,
Vê mais fundo o Coração.

Filinto de Almeida

Quando a Princesa Edeltrudes nasceu, era tão pequenina, tão pequenina, que poderia dormir à vontade dentro de um dos sapatinhos da Rainha sua mãe. Mas o berço em que a meteram era muito lindo, todo de fios de ouro entrelaçados e grinaldinhas de folhagens e de rosas, simuladas por esmeraldas e rubis.

Com medo de que a sua fragilidade a matasse, bafejaram-na, amimaram-na, rodearam-na dos mais extremados carinhos...

E a Princesinha resistiu, e foi crescendo cheia de vontades imperiosas.

Era ainda muito tenrinha quando um dia, a mãe, ao embalá-la com as suas próprias mãos cor de cera, deixou cair a cabeça sobre o peito e adormeceu... E assim como o berço deixou de oscilar, parou no peito da Rainha o coração.

Houve gritos, lamentos, correrias, mas a criança no meio das suas rendas não percebeu coisa alguma e nem um estremecimento sacudiu a carnação rosada do seu corpinho rechonchudo.

E desde então o Rei viveu com medo de que à filha acontecesse o mesmo que acontecera à esposa, e jurou por isso não lhe dizer jamais na vida um — não.

***

Quando Edeltrudes começou a falar e a distinguir o que a rodeava, todos que via eram seus servos. O próprio pai fazia-se seu escravo. — Que a tua vontade seja feita — era o que respondiam a todos os seus caprichos. E ela cada vez os tinha de mais difícil realização!

As damas da corte e as aias viviam num suplício, e o povo cá fora afirmava que a Princesinha tinha nascido sem coração.

Por isso a mãe lhe quisera dar o seu, sem o ter conseguido.

Poderia haver nada mais triste do que uma menina sem coração?

Todos os dias, mal abria os olhos, punha-se ela no seu leito a imaginar que tortura haveria de aplicar à primeira pessoa que lhe aparecesse; e a sua imaginação, exercitada nessa terrível espécie de jogo, encontrava sempre um meio original de exercer a maldade. Toda gente no palácio tinha alcunhas, até aos próprios velhinhos ela tratava por tu e ordenava coisas difíceis e dolorosas.

E o Rei?

O Rei continuava a deixar que ela fizesse o que entendesse, todo embebido no seu amor paterno e na saudade da Rainha de mãos cor de cera e olhos cor de turquesa fluida...

E, no entanto, ele era um homem forte, autoritário, que fazia tremer o assoalho da casa ao peso dos seus passos, e ajoelhar os súditos ao som da sua voz, grossa como um trovão.

***

À proporção que se fazia mulher, ia a Princesa compreendendo que a atmosfera que a envolvia era feita de indiferença e desamor. Só no pai encontrava sinceridade. Os outros não lhe queriam bem; porque ninguém pode ter afeição a quem seja, como era a Princesa, tão egoísta e tão má. Quem espalha maldições não pode colher simpatias, quem só produz o mal de quem poderá esperar o bem?

Bem compreendia a Princesa que a vida não era igual para todos, pois via às vezes dos altos torreões do seu castelo certas mulheres do povo beijarem na rua as crianças, enternecidamente. O beijo seria criado só para o uso da ralé?...

O próprio pai, quando a abraçava, apenas lhe roçava os lábios pela testa, receando talvez sufocá-la nas ondas argênteas das suas grandes barbas.

E a Princesa navegava assim na vida, como fora da vida...

***

Era já mulher feita e linda, quando uma tarde mandou selar o seu melhor cavalo e saiu a galopar pelas alamedas do parque.

A ninguém era permitido acompanhá-la nos seus giros de loucura, como ela mesma costumava dizer ao pai. Havia na solidão alguma coisa que a atraía; buscava inconscientemente a verdade que os cortesãos não lhe sabiam dizer...

***

Nessa linda tarde cor de violeta, tão distraída estava a Princesa, que depois de ter saltado valados, pulado cercas, embarafustado por campos lavrados, meteu-se, já cansada, por uma longa estrada margeada de um lado por velhos muros de quintas e do outro por um riozinho sossegado.

Uma nuvem cor de rosa flutuava num céu que era todo brandura; das moitas das ervinhas rasteiras subia um aroma de flores desconhecidas e da espessura dos pomares irrompeu um canto de ave antes nunca ouvido...

Seria o rouxinol?...

O cavalo da Princesa andava agora devagar, como se tivesse também ele entrado na harmonia plácida daquela hora divina. E Edeltrudes deixou que ele a levasse, sem mesmo saber para onde... E assim passou por duas lavadeiras que, de joelhos na areia, cantavam com alegria, batendo panos nas pedras.

E a Princesa, que não cantava nunca, perguntou de si para si:

— Poder-se-á ser feliz sendo-se pobre?...

Como de propósito, uma das lavadeiras cantou mais alto:

"A felicidade da gente

Está na boa consciência..."

Mas quem faz caso do que dizem as lavadeiras, quando nas margens dos rios cantam por cantar? Só os poetas, que procuram em todas as vozes da natureza o segredo da vida para o pôr nos seus versos.

Já as lavadeiras tinham ficado para trás, quando a Princesa topou com um homem cultivando o campo. A enxada subia e descia, revolvendo a terra que cheirava bem. Já de um lado um pouco do terreno, afeiçoado pelo trabalhador, parecia mais bonito, pronto para receber a sementeira. E ela parou um instante a apreciar aquele movimento. Era a poesia do trabalho que lhe entrava pela alma sem que ela mesma a compreendesse...

Eram os golpes daquela enxada que convertiam a terra em pão e em flores, o que quer dizer, que é das mãos dos homens rudes e humildes que depende a fartura da humanidade e a beleza do mundo!

Mas a Princesa não tinha espírito para agradecer aquele lavrador o conforto e o gozo que ele lhe dava.

***

Assim foi indo, foi indo, até reconhecer num muro baixinho de tijolo uma das partes laterais do Asilo dos Cegos da cidade.

O casarão ficava lá ao fundo, branquejando entre árvores. Do alto do seu cavalo ela observou o jardim, de ruas largas, sem empecilhos, cobertas de areia fina. Sentiu-se logo curiosa de ver como andariam por ali os cegos, ao mesmo tempo que lamentava que, para gente que não via, gastasse o Estado tanto dinheiro, dando-lhe tão vasta e linda propriedade. Para exercício dos cegos não bastaria um terreno sem flores, nem árvores, nem gramados?

Se fosse humanitária, perceberia a Princesa que exatamente para cegos se devem cultivar as flores que têm aroma, as árvores que dão sombra, as relvas que transformam o chão áspero na maciez veludosa dos tapetes...

Olhava ainda a Princesa para dentro do parque do Asilo, quando viu aparecerem três cegos ao fundo de uma comprida rua de eucaliptos.

Andavam com tamanho desembaraço, que se diria que tinham os olhos nos pés, pois na cara bem ela via que não!

Um tinha as pálpebras murchas, afundadas nas órbitas; o outro as pupilas cobertas por uma neblina branca... e o terceiro, mais incerto no andar, tateava o caminho com um bastãozinho de madeira verde.

***

Dizia o mais velho, continuando a conversa que traziam de longe:

— É mesmo assim: a Princesa Edeltrudes tanto mal faz aos outros, que dentro de pouco tempo a sua vida se converterá num verdadeiro inferno. Neste mundo, já o disse alguém, só há uma coisa que se não converte em sofrimento — é o bem que tivermos feito. Ora, se a Princesa só pratica o mal, é claro que morrerá tolhida de remorsos. Chego a ter pena... Coitadinha...

A Princesa tremeu de raiva, debruçada do seu cavalo, com o rosto transfigurado e o olhar em chamas.

Mas, querendo ouvir mais, não deu nem um pio.

Entretanto, disse o segundo cego, que era um rapazinho louro, o de olhos brancos:

— Eu não tenho piedade dos que fazem sofrer, mas dos que sofrem...

Ao que o terceiro cego, o do bastãozinho, acrescentou:

— Pois deverias lamentá-la, porque ela desconhece a mais bela coisa da terra, que é o fazer benefícios e espalhar bondade... É egoísta e vaidosa, só louva o que lhe pertence; só gosta de quem a serve; não adora a Natureza, nem admira ninguém...

— O seu coração é mais seco que uma pedra ao sol... — disse um.

— A sua voz, que ordena sempre, desconhece a modulação doce do pedir... — continuou o outro.

— E as suas mãos o formoso gesto de acariciar!... — concluiu o terceiro.

Hirta de espanto, a Princesa quedou-se ainda ali por algum tempo, até que numa rebentina furiosa voltou a galope para o Castelo.

No seu largo leito de prata e de marfim, entre cortinas de brocado e sedosas cambraias, Edeltrudes passou a noite a cismar...

Que suplício inventaria para castigar a insolência dos três cegos?

Pelo vitral da ogiva o luar entrava, despejando-se em tonalidades místicas.

Com os olhos pasmados na luz, ela distinguia as imagens reproduzidas na transparência do vidro...

A que avultava era uma esguia figura feminina, de tranças de ouro escorridas pelos ombros e finas mãos estendidas no gesto de semear esmolas pelo chão. E a seus pés as moedas se convertiam em rosas, lindas rosas que ressuscitavam ao luar numa vida misteriosa e divina...

Mas ao adormecer a Princesa tinha tomado a sua decisão...

***

No dia seguinte os guardas do rei solicitaram do Asilo a presença dos três cegos no Castelo Real. Os pobres homens tremeram de medo, compreendendo a razão daquela ordem, e só se deixaram levar por não poderem desobedecer...

Na ânsia de os ver, a Princesa mandara-os buscar num coche de altas rodas, para que não perdessem tempo em andar a pé, nem fugissem pelo caminho... Depois de subirem várias escadarias, e pisarem tapetes em corredores que parecia não terem fim, os guardas retiveram dois cegos em uma antecâmara e introduziram o mais velho deles no enorme salão das Trinta Colunas, onde todas as damas e cavalheiros da corte se achavam já reunidos, ornamentados de joias e de plumas.

Ao fundo, sentada num trono de veludo e ouro, com os cabelos negros enastrados de pérolas, a túnica de rendas presa à cintura por uma cadeia de pedrarias, os pés mimosos dentro de sandálias afiveladas com rubis, as mãos rutilando de anéis, Edeltrudes refulgia como um astro.

Reconhecendo no cego o mesmo homem que vira e ouvira na véspera, ela falou desta maneira, com palavras claras e espaçadas:

— Eu, Princesa deste Reino, autorizada por El-Rei, meu Pai, incumbo-te de descer ao fundo do mar e vir narrar-me depois tudo que nele tiveres visto, desde a beira da praia até ao seu ponto mais fundo... Esperarei três dias pela resposta; se não a trouxeres a meu contento, mandar-te-ei enforcar no mais alto Salgueiro do meu jardim.

Lívido de susto, o pobre homem pôs as mãos em ar de súplica e murmurou:

— Mas, Senhora, eu sou cego. E quem poderá ir ao fundo do mar e voltar dele com vida?

— Não permito objeções! — gritou a Princesa. — Faze o que ordeno ou serás enforcado hoje mesmo!

O cego foi retirado em braços pelos guardas.

Um calafrio de horror percorreu toda a assembleia; mas ninguém ousou balbuciar nem uma só palavra.

Entretanto a Princesa sorria...

O segundo ceguinho trazia no rosto pálido de adolescente um vislumbre de esperança. A moça contemplou-o demoradamente. Depois disse:

— Eu, Princesa deste Reino, autorizada por El-Rei, meu Pai, incumbo-te de viajar pelos espaços e vir contar-me depois, de viva voz, tudo que tiveres observado com os teus próprios olhos... Dou-te três dias para isso. Se não trouxeres uma resposta a meu contento, mandar-te-ei enforcar na mais alta Acácia do meu jardim...

O cego tremeu, como um vime à rajada do vento, e cairia se os guardas o não amparassem também.

Quando o terceiro cego entrou na sala, a Princesa contemplou-o de alto a baixo. Era um moço de ar altivo e corpo esbelto.

— Que mais desejas tu? — perguntou-lhe a Princesa.

— Ver! — respondeu ele.

— Pois verás. Incumbo-te de percorrer as mais ínvias florestas do mundo e de me vires relatar todas as suas maravilhas. Dou-te três dias para isso. Se não me contares coisa que me agrade, mandar-te-ei enforcar no mais alto Castanheiro do meu jardim. Ouviste bem?

— Ouvi — respondeu ele com voz firme.

Para celebrar este caso tão interessante, a Princesa mandou chamar as bailarinas do Castelo e divertiu-se até à noite, dançando e vendo dançar.

***

No dia seguinte, ainda era madrugada, e já a Princesa saía para o jardim.

Que iria ela fazer?

Ia escolher as árvores em que teriam de ser enforcados os três cegos.

Logo ao descer os degraus do terraço viu o velho Garçolindo, o mais sábio jardineiro do Castelo, que estava a regar um canteiro de junquilhos brancos.

— Garçolindo — disse ela com voz autoritária —, mostra-me o mais belo Salgueiro do meu jardim, que seja bastante forte para que nele possa ser enforcado um homem...

O velho jardineiro sabia de quem se tratava e caiu de joelhos, suplicando de mãos postas:

— Perdoai-lhe, Senhora! Para que querereis matar quem da vida só goza a metade? Não bastará para seu castigo não poder ele ver o que nós vemos?

A Princesa redarguiu severamente:

— Se não queres que te aconteça o mesmo, Garçolindo, leva-me onde eu te disse.

O velho jardineiro ergueu-se com um gemido, e caminhou diante dela, chorando baixinho.

A sua cabecinha toda branca resplandecia à claridade nascente, como uma flor de luar. E assim andando chegaram até à beira de um lago em que nadavam cisnes.

Ali estava a reflctir-se na água o maior Salgueiro do parque real.

A Princesa olhou.

Que estranha expressão de saudade e de melancolia tinha aquela árvore, Senhor! Das suas folhas pendentes escorria tristeza. O orvalho que as molhava ainda, fora talvez chorado pelos anjos, naquela noite singular...

A essa ideia a Princesa fechou os olhos instintivamente; mas, como num espelho, viu a expressão da árvore reproduzida dentro de si mesma... Tornou a abri-los. A árvore ainda lhe apareceu mais amargurada, com as suas grandes hastes curvadas para o chão, num desânimo inconsolável...

— Garçolindo! Por que é esta árvore assim tão melancólica?...

— Senhora, porque ela já sabe o destino que lhe quereis dar...

— Cala-te, jardineiro, e leva-me até onde uma Acácia que tenha galhos robustos...

Ora, a Acácia mais linda do jardim era a que ensombrava o velho pavilhão da defunta Rainha. Indiferente à evocação do lugar, na certeza de que vida desaparecida é vida renovada, a árvore resplandecia no ouro das suas flores cheirosas. Ramalhuda e alegre, suspendia um ninho em cada galho. Da sua fronde irrompiam cantos, sentia-se na frescura o fremir amoroso de centenas de asas, mas não só asas de pássaros, como também de abelhas zumbidoras, que, luzindo ao sol, colhiam o mel das suas flores rutilantes...

Desde as raízes estendidas na terra até a mais alta folhinha a desenhar-se no ar, a árvore fecunda falava em vida, esperança, maternidade!

A Princesa, tocada por aquela expressão jubilosa, voltou-se para o jardineiro e preguntou:

— Garçolindo! Por que é esta árvore assim tão alegre?

— Senhora, porque ela ainda ignora o destino que lhe quereis dar...

— Cala-te, jardineiro, e leva-me até onde o mais alto Castanheiro do meu jardim...

Já o sol ia quente e o céu, todo azul, não tinha fundo.

Tiveram de subir a pé a colina das "Degoladas", atapetada de anêmonas e de cardos mansos.

Fora naquele sítio que o avô mandara degolar duas servas, por intrigas de amor.

Dizia a lenda do Castelo, onde as próprias pedras porejavam contos, que desde então quem andasse por ali alta noite ouviria cantar plangentemente as anêmonas roxas ao luar...

Chegando ao topo da colina a Princesa parou estupefata.

Oh! A beleza do grande Castanheiro! Que placidez a sua! Olhando-lhe para o tronco cheio de rugas e nodosidades e para as ramas severas, de um verde sombrio e doce, ela percebeu que ainda mais do que as outras duas árvores, esta tinha uma linguagem compreensível e cheia de pensamento:

— Olha-me e verás que ao pé de mim se extingue o sofrimento. Nasci para abençoar. O lavrador esbaforido, quase a morrer de insolação, encontra à minha sombra refrigério quando a terra esbraseada em que labuta dardeja ao sol. Simbolizo a doçura e a clemência, sou a cidade dos pássaros e o telhado dos mendigos errantes que os teus mordomos enxotam da tua porta e veem chorar sobre as minhas raízes. É preciso conhecer-se o sabor das lágrimas para se perceber o valor da alegria. Enquanto mais penetro na amargura da terra, mais me inebrio na beleza do espaço e no fulgor dos astros.

A Princesa não entendeu completamente a linguagem das árvores, mas ficou por alguns instantes meditativa...

***

Já três coches esculturados, seguidos por cavaleiros reluzentes, tinham ido buscar os cegos do Asilo. Pelas escadarias do paço, guardas de perucas brancas suspendiam nas lanças de ouro as três grandes plumas amarelas do emblema real. Nos jardins, em torno das fontes de águas cantantes, rondas de bailarinas dançavam languidamente, tangendo liras e pandeiros enflorados de loureiro e lilases; e no pátio, sobre as lajes grandes, fora estendido o suntuoso tapete de floco azul e ouro das grandes solenidades.

Toda a corte, exceto o Rei e seus ministros, estava reunida no imenso salão da Porta de Marfim, onde se ia ouvir a narração dos cegos.

Ao fundo, no trono de brocado branco, a Princesa parecia imperturbável. Nesse dia desprezara as joias, vestira-se de véus brancos, de que se destacavam as suas tranças negras pendentes sobre o peito até os joelhos. Tinha por cetro nas mãos uma grande haste de nardos, e mergulhava os pezinhos nus numa corbelha de jacintos brancos. Dir-se-ia ao vê-la que o perfume se condensara numa forma humana, resplandecente de mocidade...

Súbito o som de um clarim preveniu que o primeiro coche tinha chegado ao pátio do castelo.

A Princesa nem pestanejou; mas toda a gente que enchia a sala não soube reprimir um movimento de susto e de piedade...

Dentro, na Galeria dos Deuses, rompeu o coro das cantadeiras da Morte, e foi só quando a sua última nota expirou como um gemido, que o guarda, batendo com o copo da sua adaga no escudo de ouro as três pancadas sacramentais, fez entrar os cegos até aos pés do trono.

Os desgraçados vinham já vestidos de preto, prontos para o enterro... Sentaram-nos em três tamboretes distintos, a pequena distância uns dos outros, e era tal a sua palidez, que mais pareciam cadáveres que seres vivos... Reinou por alguns minutos um silêncio grave, até que, ainda do fundo da Galeria dos Deuses, irrompeu outro coro, concitando os condenados a serem sinceros e a pedirem perdão das suas faltas...

Finda a música, a Princesa ordenou com voz clara e firme:

— Tu, que mandei ao fundo do mar, conta-me o que viste.

O cego agitou-se, passou nervosamente a mão pelos cabelos. Damas e cavalheiros sussurraram palavras de piedade...

***

— Fui da orla da praia até à vastidão do oceano sem limites visíveis, onde o céu parece mais vasto e onde as águas são mais profundas e misteriosas. Nem um corte de asa perturbava no ar a solenidade do silêncio e do vácuo; nem a vela do menor barco punha sobre a onda a nota viva de um pensamento humano. Era o Nada terrível e augusto, na sua grandeza desesperadora... Entre o céu e o mar alto, sentia-me fora do mundo, na perplexidade de estar ou não fruindo uma outra existência...

"A grande maravilha nessa infinita planície de águas profundas é toda feita pela luz dos astros, que do alto a namoram e lhe alteram o sentimento... O levantar e o pôr do Sol são solenidades sagradas para as ondas, e nada as doma e fascina como as esteiras do luar sobre os seus dorsos irritados... O ar livre, leve, enche-se então de segredos, falas de estrelas, vozes de mundos ignotos, que os nossos ouvidos imperfeitos não entendem, mas que o nosso instinto adivinha..."

A Princesa atalhou, impaciente:

— Não quero saber o que é o mar visto de fora, mas o que lhe observaste no fundo...

E o cego prosseguiu, enxugando um suor de aflição:

— O fundo do mar é variado... Por vezes tenebroso; por vezes lindo!

"Caminhei, caminhei sobre areias ou cascalhos, ora resvalando em limos e em maciezas de algas, ora golpeando as carnes em serrilhas de conchas, em unhas de crustáceos ou em granulações de madrepérolas e de corais.

"De trechos sombrios descia às vezes a poços de treva espessa, onde a água era mais fria e o silêncio mais lúgubre. Mas eu andava sempre, andava sempre, nada me intimidava! Topei assim com várias grutas de rochas sobrepostas, por cujos interstícios luziam como redondas lâmpadas elétricas, os olhos de monstros sedentários, de formas extraordinárias e pele mole, cor de aço ou cor de ardósia.

"Andando sobre patas, como quadrúpedes terrestres, passaram por mim nas mais profundas regiões do oceano feras de corpo imenso e cabeça trombuda, em que mal se lhes percebiam os olhitos enevoados. Havia outros animais sem olhos, de bocas descomunais, com chifres no alto do dorso ou na cabeça, uns do feitio de sapos, outros do feitio de flores.

"E eu não tinha medo, e andava sempre, andava sempre! Dir-se-ia que a graça divina me revestia todo de uma armadura olímpica que me tornava invulnerável! A própria escuridão do fundo do mar era varada pelos meus olhos, como se eles comparticipassem da mesma natureza da dos seus habitantes. Colhi assim entre os meus dedos maravilhados palmas de rendas vivas e caprichosas e pérolas guardadas dentro de conchas entreabertas, como num cofre. Nenhum jardim terrestre me poderia dar tão vivo gozo... As algas espalmadas, de diversíssimas formas e tamanhos, tinham cores ardentes como as dos crótons ou macias e frescas como as do linho verde... Dentre grandes búzios opalinos e colunas de espuma petrificada, cresciam hastes de uma vegetação crespa, fina, nervosa, estrelada de florinhas minúsculas cor de aljôfar, cor de âmbar, ou cor de opala...

"Desses jardins encantados passei a ladear profundas fossas. Vinham por elas acima animais rastejantes, de bocas imensas, como as dos crocodilos. Uns tinham as caudas crespas, erriçadas de espinhos amarelos; outros malhados de verde e negro avançavam aos bordos como bêbados. Eram uns quase esféricos, pardos, revestidos no dorso por fileiras de espetos agudos e finos como agulhas, eram outros esguios e flexíveis, com cintilações azuis na pele branca... Nas partes chãs, imensos vertebrados passeavam demoradamente os seus corpanzis de aleijões sinistros, erguendo tristes olhos cobiçosos para os peixes que nadavam em cima, a uma altura inacessível de centenas de metros... como um hipopótamo pode olhar para as andorinhas no espaço...

"Correntes profundas, que levam para o Equador as águas frias dos Polos, arrastavam-me, por entre esponjas grandes, para novos jardins, onde cresciam plantas de hastes flexíveis e umbelas cor de açafrão ou de esmeralda... Do encantamento ao pavor, do pavor ao encantamento! Das flores fantásticas via-me de novo arrojado para ao pé dos bichos mais extravagantes. Os grandes animais do mar são monstros. Entre os pequenos, se uns lembram crisântemos vivos ou tulipas ansiosas por um beijo de luz, outros têm unhas de bruxas, negras e rubras, ou cornos agudos saindo como puas dentre massas gelatinosas. Uns têm carapaças denticuladas, outros só têm cabeça e boca, ou só ventre...

"À proporção que eu me ia afastando da costa, muito menos belo me parecia o mar... Só até onde penetra a claridade do céu, penetra a cor e a alegria. Nos abismos do mar alto a treva gera figuras de pesadelo. Os animais marinhos são os seres mais estúpidos da criação... É à flor das águas que nadam os peixes mais ativos e inteligentes, alguns mesmo, pela ânsia do ar e da luz, emergem da onda em voos curtos e alucinados. A própria baleia gigantesca gosta de aspirar o ar livre em um fôlego largo. É só perto das costas que os sábios que se dão ao estudo da oceanografia encontram bons elementos para as suas investigações. As fúrias cegas dos pélagos profundos não atraem ninguém... Quem poderá conhecer toda a enorme legião dos povoadores do mar? Nem mesmo a conheceu o imperador Vitelius, que viu à sua frente, num banquete, duas mil iguarias de peixes e sete mil de aves finas... Com mais alguns imperadores dessa lavra, o mundo teria sido exterminado, e até mesmo às cavernas do mar profundo tais glutões teriam ido buscar os animais de carne fosforescente e indigesta para entreterem a sua fome... Mas essa região soturna, é a única ainda vedada ao exterminador! O sabor que possam ter os seus animais, não será jamais apreciado pelo exigente paladar de imperador algum. Podem assim os monstros marinhos proliferar em paz, sem de leve suspeitarem que mundo irradiante, buliçoso e perverso vive acima deles sob o clarão das estrelas!"

— Basta — atalhou a Princesa. — Só me falas em bichos de má catadura, e eu quero ouvir alguma coisa das sereias, das ondinas e desse velho majestoso, de longas barbas e fronte coroada de pérolas e de corais... que se chama Netuno.

— Deuses... ondinas... só povoam os mares da literatura. Acreditai, Senhora, que a harmonia perfeita dos corpos das Vênus e dos deuses marinhos, só pode ter nascido da imaginação dos poetas. A Mitologia foi o poema de um povo embevecido pelos esplendores da Natureza... Cada um desses esplendores ele o encarnou em uma figura olímpica, mas feita à sua semelhança! Procurá-las-íamos em vão no fundo frio das águas, onde todos os seres têm um feitio extravagante e, para nós, inédito. De lendas, de histórias e do passado só alguns despojos de naufrágios acordaram no meu espírito a lembrança de navegantes remotos, descobridores audazes, desaparecidos na vertigem dos ventos e dos séculos...

— No fim, que depreendesse de tudo que viste no fundo do mar?...

— Que a vida é o amor, real Senhora.

— Como assim?! Então, esses feios bichos inconscientes?...

— Amam! Amam — e só matam quando atormentados pela fome; e mesmo assim, aos animais de outra espécie...

— Ah...

— Obedecem à lei da Natureza. Só o homem guerreia o homem. Porque o homem é o animal de instintos mais imperfeitos da criação...

A Princesa ficou por instantes pensativa. Uma leve sombra se lhe estendia sobre o rosto lindo. De repente, voltando-se para outro cego, disse com a voz ligeiramente trêmula:

— Agora tu.

Um guarda avisou o cego interpelado, batendo-lhe num ombro com o corpo da sua adaga.

***

— Ordenaste-me, Senhora, que eu viajasse pelo espaço infinito e vos viesse dizer dentro de três dias o que tivesse visto! Obedeço, mas infelizmente a minha palavra descorada mal poderá dar-vos uma ideia do deslumbramento de que vim cheio. Para não seguir sozinho em busca de paragens tão desconhecidas e difíceis, invoquei a presença de um velho pastor do Himalaia, afeito desde os mais remotos tempos a trilhar os caminhos azuis do Firmamento, e com ele subi, redemoinhei, turbilhonei por entre os astros fulgurantes... Mas não era eu só que ia levado como uma folha seca pelo tufão. Grandes corpos de mundos luminosos valsavam comigo no espaço, em um movimento vertiginoso.

"E eu queria em vão entreabrir a boca, para uma pergunta que o meu ser transformado nem podia formular, nem portanto exprimir... Toda a minha alma se condensava em uma só faculdade: — a do deslumbramento! Invulnerável, segui por entre a chuva de estrelas cadentes que zebravam de ouro o campo celeste. Assim, de espanto em espanto, fui de planeta em planeta. Outros astrônomos mais sábios tomaram-me das mãos do velho pastor do Himalaia, e, com uma precisão absoluta, ensinaram-me as distâncias, o peso e a posição de todos esses corpos luminosos e soltos no ar como poeira de ouro.

"Mais do que nunca, ao divagar pelo Firmamento, eu senti a glória do pensamento humano, que tão alto sobe e tão maravilhosamente descortina mesmo as coisas mais inacessíveis... Eu me embevecia no delírio de sensações inexprimíveis, era um ser alado trespassado por todas as tintas diluídas em ondas translúcidas no Universo! Tendo emergido do lençol aquoso das nuvens, já completamente livre da atmosfera que envolve o globo terrestre, eu subia em giros de valsa, em espirais de sonho, ora à órbita de um, ora à de outro astro.

"Filho da Terra, todo o meu corpo se sentia atraído para as labaredas do Sol! Para atingi-lo percorri milhares e milhares de quilômetros, passando por entre as estrelas, como através de rosas de um jardim fantástico...

"Eu ia para ele como a alma de um crente vai para Deus. Sentia já chegar o instante delicioso de me desfazer na sua luz, quando uma força desconhecida me impeliu para uma corrente circular em que eu comecei a girar, a girar em torno do Sol imenso, sem forças para o atingir. Se fosse possível fazer a comparação do infinitamente grande com o infinitamente pequeno, eu diria que as miríades de corpos luminosos que se revolviam dentro do astro imenso, lembravam um enxame de abelhas ávidas, agitando-se na corola de um girassol completamente desabrochado... Oh, a luz bendita, que dá vida aos mundos e glória ao céu, como o seu esplendor inundou a minha alma de êxtase e de alegria para sempre! E os meus olhos suportavam a intensidade do calor e do clarão espantoso, à proporção que eu varava em segundos milhares de léguas, envolvido em raios de todas as cores, na ânsia insaciável de tudo ver, para tudo vos contar, Senhora!

"A fantástica velocidade dos astros enche de música todo o Universo. Cada estrela tem uma voz na sinfonia do Espaço imensurável e o seu ideal leva-a para um destino ainda não penetrado pelo nosso pensamento. Talvez o do amor, porque no espaço como na Terra, há em tudo o mesmo frêmito de paixão.

"São enamorados do Sol os planetas que lhe giram em torno. A Via-Láctea é um fervilhamento de corações extáticos e virginais, onde o amor se cristalizou em rutilações iriadas. Que é o nosso planeta visto do Sol? Um pequenino ponto flamejante. Um coração a arder! Que é a lua? Um coração de viúva, onde a saudade imensa não esmorece. Em tudo o amor, sempre o amor!

"De Mercúrio a Vênus, de Vênus à Terra, que doce e linda viagem eu fiz! Eu ouvia dos mundos esparsos vozes inesquecíveis e piedosas, num eflúvio incomparável, que me entravam pelos ouvidos como vozes humanas..."

A Princesa estava lívida de espanto e foi com esforço que, movendo os lábios, perguntou:

— E que diziam essas vozes? Dize...

— Volta à Terra e ensina aos homens a serem bons. Tu és humilde, e é pela boca dos humildes que saem as verdades. Sê clemente e apregoa a clemência; sê justo e exerce a justiça; e quando vires alguém transviado do seu caminho, tu que és cego dá-lhe a mão e dize: — Por aqui... por aqui! — E leva-o a salvamento. Dá a mão aos videntes, ceguinho triste, e ensina-lhes o trilho da bondade e da compaixão, que é por esse trilho que se chega à Felicidade e a Deus!

— Basta! — exclamou a Princesa, tentando disfarçar um sentimento que a agitava.

Depois, voltando-se para o terceiro cego, disse com voz já quebrada:

— Agora tu...

E o cego levantou-se, muito pálido, e começou:

— Entrei pela floresta com o passo tímido e o coração medroso. Nada atrai e aterra ao mesmo tempo o homem como o desconhecido. Logo, porém a minha pele fatigada de calor, ressequida pela aragem salitrosa da beira-mar, se sentiu adoçada e refrescada pela sombra das grandes árvores benignas. A claridade do dia traspassando a sua umbela verde diluía-se numa luz esmeraldina e repousante para as minhas pupilas abrasadas. Todo o ambiente me envolvia numa carícia de suprema consolação. Senti que a alma da floresta se abria para receber-me, e já todo absorvido pela sua grandeza e a sua poesia, ajoelhei-me devotamente e beijei a terra fecunda, criadora de tantas maravilhas. Nenhuma palavra escrita ou falada me tinha feito jamais compreender a grande verdade que a natureza da mata enorme e inculta me ensinava. Ali, cada árvore era um poema; cada ninho um exemplo de meiguice; cada colmeia um exemplo de trabalho e cada flor um emblema de graça e de fantasia...

"Das nervuras e das raízes das plantas estendidas no chão, dos braços das lianas erguidas em múltiplas sanefas até ao mais alto arvoredo; das corolas das flores desabrochadas, desprendia-se um aroma sadio, sincero, um aroma vivo que os jardins cultivados não sabem exprimir...

"A minha língua é fraca para descrever o mundo de sensações elevadas que o interior da floresta acordou no meu espírito. Percebi pela primeira vez em minha vida que as árvores falam. O nosso ouvido imperfeito não apreende tudo que elas dizem, mas adivinha que a sua linguagem é sempre eloquente, generosa e fecunda de ensinamento..."

A Princesa estremeceu, lembrando-se do que sentira na véspera em frente das árvores do seu jardim. Seria então verdade?!

— E as feras? — perguntou, dilatando as narinas e cerrando os olhos, no antegozo de descrições cruéis e emocionantes.

— As próprias feras têm dentro desse mundo selvático que é o seu, uma expressão de nobreza, que me causou mais admiração do que terror. Sem fome, e livres da perseguição com que os homens as atormentam, elas têm atitudes plácidas e olhares em que transparece qualquer coisa de profundo e de meditativo. Onde não chega o caçador, está a tranquilidade. Só o homem é mau, só o homem envenena o ar que respira, pela sua traição, a sua ambição ou a sua covardia; só o homem desconhece a sua verdadeira função na Terra, em que Deus o pôs não para sacrificar os seus semelhantes, mas para amá-los como irmãos...

"Eu ouvi as vozes das águas em cascatas prodigiosas ou em regatos humildes; eu ouvi as vozes do vento cantando ou uivando na espessura das selvas; eu ouvi o estrondar dos trovões, reboando pelas quebradas das serras; ouvi o urrar das feras, o bramir das enxurradas, o silvar das serpentes, o ramalhar das frondes, o gorjear dos pássaros, e em todas essas vozes dispersas e harmônicas descobri sempre o mesmo sentido de criação e de amor."

***

Houve um sussurro pela sala. As senhoras levaram aos olhos os seus lencinhos de rendas; os homens encobriam os rostos perturbados com as abas dos chapéus emplumados que sustinham nas mãos. É que se ouviram lá fora os toques dos clarins da guarda, anunciando a próxima execução dos condenados e, logo após, entraram três homens na sala, com máscaras e roupagens amarelas e umas voltas de cordas suspensas dos cinturões de metal. Outro sussurro mais dorido percorreu a sala como um lamento. A própria Princesa deixou cair das mãos geladas a sua doce e longa haste de nardos. Os clarins repetiram lá fora o canto da Morte, mas a Princesa fez aos carrascos um gesto, ordenando que esperassem, e voltando-se para os cegos, perguntou ainda com voz estrangulada e olhar inquieto:

— Respondei com verdade a esta pergunta: como pudestes ver tudo isso, vós que sois cegos?

Todos tremeram. Algumas damas desmaiaram. Que iriam dizer os infelizes!...

***

O mais velho e mais pálido dos cegos levantou-se e respondeu:

— Senhora! Quando o primeiro homem abriu para a Luz o primeiro olhar interrogativo, sentiu-se arrastar por uma fada invisível e de tão forte prestígio, que ora o alçava às regiões sidéreas, ora o mergulhava na onda pavorosa, ou o embrenhava nas matas virgens a descortinar segredos nunca violados. Desde esse instante, eterno companheiro da Humanidade, esse Ser acode às suas invocações ou o leva sem cansaço a viajar pelo Infinito. Língua não a tem, e fala todos os idiomas! Os seus dedos invisíveis dirigem as mãos dos poetas e logo tumultuam no papel cenas do próprio Inferno ou do próprio Paraíso. A sua boca, que ninguém viu, aflora no mais divino beijo a fronte de um triste miserável — e logo ele descreve riquezas e tesouros inauditos; a sua voz não tem som, mais segreda ao ouvido dos músicos e logo ressoam as harmonias de cantos admiráveis; os seus olhos não têm pupilas, mas contemplam as cores do íris e induzem os pintores a criarem nas telas figuras de beleza eterna! Cria as estátuas dos museus e cria as almas dos livros. É o supremo benfeitor do Universo porque, reparai, até faz ver os cegos!...

Um calafrio percorreu a assembleia. As damas puseram-se de pé, cheias de medo. Os cavalheiros sacudiram no ar os seus chapéus emplumados e os quatro guardas de cerimônia cruzaram as lanças no chão, em sinal de súplica. Era a primeira vez que tal acontecia na corte. A Princesa, apoiada aos braçais do trono, com gesto comovido e aflito indagou ansiosamente:

— O nome! Eu quero o nome dessa Fada Invisível e assim poderosa!

Então, o mais novo dos cegos, erguendo o rosto iluminado, como se tivesse na fronte uma coroa de estrelas, respondeu:

— Senhora, o seu nome é Imaginação!

Houve um suspiro de alívio em toda a sala. Uma doce onda de sangue tingiu de rosa as faces da Princesa e, sem se poder conter, ela exclamou com entusiasmo:

— Pois abençoada seja a Imaginação, que até faz ver os cegos! Ide em paz!

***

Romperam hinos de glória na galeria dos Deuses. As dançarinas voltearam com alegria em torno dos lagos do parque. Do alto das torres voaram os pássaros, em revoada, espantados pelo repicar dos sinos, e o jardineiro dos cabelos cor de luar veio depor aos pés da sua real Senhora a mais linda braçada de flores que jamais se viu.

E, ó milagre! Desde esse dia a Princesa olhou com atenção carinhosa para todas as coisas e dispensou proteção e bondade a toda gente, convencida bem no fundo da alma, que o pior cego é o que não quer ver...